W9-AZW-453

GUAPAS, LISTAS Y VALIENTES

Beatrice Masini

La niña
de los pies grandes

Ilustración de
Desideria Guicciardini

Título original: *Belle, astute e coraggiose. La bambina con i piedi lunghi*
Escrito por Beatrice Masini
Ilustrado por Desideria Guicciardini

www.anayainfantilyjuvenil.com
e-mail: anayainfantilyjuvenil@anaya.es

© Edizioni EL s.r.l., San Dorligo Della Valle (Trieste), 2010
www.edizioniel.com
© De la cubierta: Desideria Guicciardini
© De la traducción: María Prior Venegas, 2011
© De esta edición: Grupo Anaya, S. A., 2011
Juan Ignacio Luca de Tena, 15. 28027 Madrid

1.ª edición, septiembre 2011
4.ª impresión, marzo 2017

ISBN: 978-84-667-9541-8
Depósito legal: M-22.283/2011

Impreso en España - Printed in Spain

Las normas ortográficas seguidas son las establecidas por la Real Academia
Española en la *Ortografía de la lengua española*, publicada en 2010.

Este libro ha sido negociado a través de Ute Körner Literary Agent,
S. L., Barcelona - www.uklitag.com

Para la niña de Fano
que conocí un día del mes de mayo.
Que lo que llevas en el fondo
del alma te lleve muy lejos, mi querida
y simpática «niña de los pies grandes».

Prólogo

Se puede decir que el prólogo de esta historia está ya contenido en el título: había una niña que tenía los pies grandes. Si fuera una niña de nuestro tiempo y de nuestro entorno, podríamos decir que tenía ocho años y que ya calzaba un treinta y ocho, que es el número que puede calzar una mujer adulta. Pero como esta historia ocurre en un tiempo que no es el nuestro y en un

lugar donde las medidas eran diferentes a las que usamos nosotros, podemos decir, como decían en su casa, que tenía ocho años y sus pies medían una «pértiga». Está claro que se trata de una forma de hablar, porque ya sabemos que la pértiga es una vara larga, una palabra perfecta para hacernos una idea.

Además de los pies largos como pértigas, la niña también tenía un nombre: se llamaba Menta.

Ahora que ya hemos aclarado estas cosas, podemos conocer su historia. Tener dos pies enormes puede ser un gran problema, aunque no necesariamente. Pueden ser incómodos y causar molestias, pero, también, útiles para vivir un montón de aventuras.

CAPÍTULO 1

En el que vemos a Menta en su vida diaria, complicada por sus pies grandes

Menta era una niña alegre, tenía el pelo corto y rizado y llevaba unas gafitas verdes. Era de estatura media y peso medio y tenía tan solo una peculiaridad, que ya conocemos y que a veces le traía problemas.

Por ejemplo, Menta apenas participaba en los juegos en el patio del colegio, tampoco se reunía por las tardes con los otros niños, si para jugar tenía que correr, porque se tropezaba a menudo; era como intentarlo con esquís, algo que normalmente no se hace, a no ser que uno sea inexperto.

Es verdad que tropezaba de todos modos, incluso cuando caminaba: siempre que se olvidaba de sus pies, que se paraba a pensar en otras cosas o que se distraía, de inmediato un pie terminaba cruzado sobre el otro, y ¡paf!, se daba de bruces en el suelo.

Las gafitas verdes que llevaba eran muy gruesas, precisamente para evitar que se le rompieran en cada caída.

Sin embargo, solía arañarse las rodillas, y hacerse heridas. Por eso, para evitar tenerlas siempre doloridas, Menta llevaba unas finas rodilleras,

como las que usan las chicas que juegan
al voleibol.

En sus caídas también solía hacerse
heridas en los codos. Mientras las
rodilleras las ocultaba bajo el vestido y
no se veían, las coderas sí, por lo que la
mayor parte de las veces las dejaba en
casa, con el resultado desastroso de que
sus codos sufrían muy a menudo los
peores golpes.

Largos pies paralelos como esquís, rodilleras bajo el vestido que la obligaban a andar con las piernas un poco separadas, las manos en los codos, la derecha en el izquierdo, y la izquierda en el derecho, para protegerse las heridas, en fin, a veces ver a Menta era como asistir a un divertido espectáculo.

Era un espectáculo, por ejemplo, ver a Menta en la escuela de *ballet*. Su madre la había apuntado porque todas las niñas iban a clase de danza o de gimnasia rítmica.

Para empezar, no había bailarinas de su número, y el zapatero se las tuvo que hacer a medida. Y, además, no había manera de domar sus largos pies, someterlos a las difíciles posturas del *ballet,* conseguir que fueran obedientes y dóciles: parecía que tuvieran vida propia, que se movían a su antojo. Por eso, en las clases de *ballet* se tropezaba y se caía incluso con más frecuencia que en su vida normal.

La profesora, que era muy comprensiva, intentaba no darle importancia a esos accidentes, pero sus compañeras se reían de ella; eso sí, con gracia, como hacen las bailarinas de verdad, ocultando las risitas con la mano.

Menta no les hacía caso. Tenía el corazón ligero como un globo y por eso los comentarios malévolos de los otros niños no la herían. Siempre que se caía se volvía a levantar y sabía dar a las cosas su justa importancia, e incluso reírse de sí misma: sabía que tenía

sentido del humor y que podía resultar muy simpática. Era alegre, divertida y generosa.

Su verdadera preocupación eran sus padres. Obsesionados por este asunto de los pies largos, convencidos de que le causarían cada vez más problemas (porque sus pies no dejaban de crecer), y de que cuando fuese mayor tendría dificultad para relacionarse si seguía teniendo los pies largos (pues nadie querría ir a su lado si cada vez era más torpe y patosa) no hacían otra cosa que llevarla de médico en médico para dar con algún remedio que encogiera sus pies, o al menos detuviera o frenara su crecimiento.

Y Menta, pacientemente, dejaba que le pusieran cremas malolientes, que le vendaran los pies con vendas impregnadas en aceites pegajosos, que le dieran masajes con pomadas que le irritaban la piel. Y todo porque entendía que sus padres lo hacían por su bien, con la mejor intención.

Había intentado explicarles que ella se sentía bien así, pero, como no conseguía que la entendieran, había renunciado a seguir intentándolo.

Un día, una extraña mujer, toda vestida de negro, sugirió que durmiera

con la cabeza hacia abajo para evitar el crecimiento de los pies. Y Menta tuvo que dormir durante todo un mes en esa postura, apoyando la espalda en una colchoneta que a su vez se apoyaba en la pared, antes de que su familia se diera cuenta de que no servía de nada.

En otra ocasión, un médico oriental había sugerido una práctica que se hacía en su tierra en la antigüedad: propuso que Menta doblara los dedos de los pies hacia abajo y los vendara muy fuerte, de modo que con el tiempo se quedaran doblados bajo la planta. Así reduciría su longitud.

Entonces Menta fue menos paciente y se negó a hacerlo. Pero cuando,

finalmente, tras la enésima consulta,
mientras se vestía, escuchó al profesor
susurrarle a sus padres:
«Sugiero la solución quirúrgica», se
dijo a sí misma que todo aquello había
llegado demasiado lejos. Sabía muy
bien lo que quería decir «solución

quirúrgica»: operación, bisturí, vendas, puntos y dolor, y no tenía ninguna intención de dejarse someter a una tortura semejante.

Tomó entonces la única solución que creyó posible: escapar de casa.

Capítulo 2

En el que Menta, sola, conoce el mundo

La palabra «escapar» lleva a pensar en gestos furtivos, ruidos en la oscuridad y luego una larga carrera hacia lo desconocido. El problema es que Menta no podía correr sino arriesgándose a acabar en el suelo demasiado pronto, que la descubrieran y que la llevaran de vuelta a casa.

Lo que hizo fue esperar a que fuera de noche y salir por la ventana del segundo piso, donde estaba su habitación. No le fue difícil. Utilizó una cuerda que había atado a la cabecera de su cama.

Cuando llegó abajo, se alejó muy lentamente, tratando de no hacer ruido al caminar sobre la gravilla y de no tropezarse con sus propios pies.

Algo que todavía no sabíamos era que Menta llevaba solo zapatos hechos a medida, porque no había zapatos de niña de su número.

Aquella noche se había puesto unas botas que le gustaban mucho, aunque eran de color negro. Su madre y su padre le hacían llevar siempre zapatos oscuros, porque pensaban que esos colores disimulaban el tamaño. Por eso Menta no se había podido poner nunca

unas bailarinas rojas o azules o con brillantitos, porque eran demasiado vistosas para sus «pértigas».

Así que lo primero que hizo al día siguiente, ya lejos de su ciudad, fue ir a una zapatería a que le tiñeran las botas de color rojo fuego.

—Qué color más original para unas botas —comentó el zapatero—. Solo en los cuentos llevan botas así: gatos, ogros...

Pero no hizo ningún comentario sobre la medida, y Menta permaneció sentada y descalza sobre un taburete mientras él teñía sus botas de ese color tan llamativo.

Al tener los pies tan largos, había recorrido mucha distancia en muy poco tiempo, como hacen los gatos y los ogros que había mencionado el zapatero. Eso le hacía sentir que tenía ventaja sobre sus perseguidores, aunque no sabía todavía hacia dónde se dirigía o qué debía hacer.

En el bolsito que llevaba a modo de bandolera llevaba algunas monedas de plata y de oro, algo de ropa limpia y su amuleto de la suerte, un medallón con la forma de una huella de pie que le había regalado un tío suyo muy bromista y que llevaba colgado al cuello con un cordoncito de cuero. Vamos, se puede decir que no tenía nada o casi nada.

El dinero se gasta rápidamente cuando uno viaja. Y con solo un par de prendas no se puede llegar muy lejos. Y en cuanto al medallón, bueno, lo apreciaba mucho.

Pero Menta estaba tranquila, era algo a su favor ahora que debía enfrentarse a lo desconocido: uno no debe ponerse nervioso en situaciones así.

Pagó al zapatero, se puso sus botas de color rojo fuego y emprendió su camino, cuidando de que no se arañasen con las piedras o terminaran en un charco.

Tan vivas, tan intensas, esas botas fueron su bandera. «¡Miradme!, tengo los pies grandes, sí, ¿y qué? Quiere decir que soy especial. Quiere decir que tengo algo que vosotros no tenéis», hubiera querido gritar Menta. Y era verdad.

Capítulo 3

En el que Menta encuentra
un trabajo, y luego lo deja

Era tan cierto que, cuando unos pueblos más allá, Menta se cruzó con una pequeña caravana de circo que estaba aparcada en un prado a las afueras, necesitó solo un instante para convencer al director de que haría un buen negocio si la dejaba colaborar con ellos. No tuvo casi ni que abrir la boca, en su lugar hablaron sus largos pies rojos.

Enseguida los niños del circo se pusieron manos a la obra para prepararle un espacio donde pudiera ensayar e inventar pasos con los que demostrar las habilidades de sus pies: como escribir en la arena con su largo dedo pulgar, saludar moviendo los dedos, sujetar sobre las plantas de los pies una pirámide humana formada por los tres niños pequeños, uno sobre otro, y por último, lo más importante, caminar sobre un alambre.

Tenía los pies grandes y prensiles, como los pies de un chimpancé. Menta descubrió que sabía moverlos con agilidad, manteniéndose en equilibrio sobre una cuerda extendida. Y si no podía evitar caerse, aterrizaba de pie sobre sus sólidas aletas y nunca terminaba rodando por la arena.

Lo mejor de todo era que por primera vez Menta tenía amigos, niños como ella, que no se reían de ella por sus largos pies, es más, la estimaban muchísimo. Algunos incluso sentían envidia. En realidad, más que envidia sentían admiración.

El más pequeño de los tres hermanos acróbatas, hijos y nietos de acróbatas, flexibles como cintas elásticas, llegó incluso a preguntarle si había algún modo de alargarse los pies, algún tipo de ejercicio, o alguna fórmula mágica.

—Me gustaría tanto tener unos pies como los tuyos. Podría inventarme bailes increíbles —Menta se encogió de hombros.

—He nacido así —fue lo único que dijo.

Menta cogió mucho cariño a los tres hermanos. Eran más pequeños que ella. Se sentía como una madre para ellos, los mimaba y les contaba cuentos, antes de dormir, y, después de los ensayos, les enseñaba a hacer galletas, preparaban tartas, y la seguían en sus correrías por los bosques cercanos.

Menta también sabía subirse a los árboles, y lo hacía con mucha facilidad, sin caerse, claro. Se divertían saltando de una rama a otra, y vivían un montón de aventuras.

—Eres nuestra hermana —decían.

Y ella se sentía muy, muy contenta.

Mientras tanto, los ensayos seguían y muy pronto Menta se sintió preparada

para actuar en público. Su debut fue un enorme éxito. Nadie había visto antes a una niña con los pies tan grandes, y que fuera tan buena bailando sobre un alambre. Era un número original. El circo vendía todas las entradas allá donde fuera, de pueblo en pueblo, de ciudad en ciudad.

También los periódicos comenzaron a hablar de ella, y como las noticias viajan de un lugar a otro, Menta tenía miedo de que alguien pudiera descubrir que se había escapado de casa. La niña de los pies largos que había desaparecido podía ser la niña con los pies largos que se había convertido en la nueva estrella del circo Máximo.

Entendió que tenía que marcharse.

Muy triste, una noche, una vez que los tres pequeños acróbatas se habían dormido, preparó su minúsculo bolsito, salió de la caravana sin hacer ruido y se marchó.

Colgado de un pomo de la litera de tres camas de los hermanos acróbatas les había dejado el medallón con forma de huella: era su amuleto de la suerte, lo único que poseía, además de los recuerdos, y lo único que podía dejar a sus tres casi hermanos.

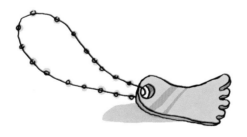

Capítulo 4

En el que se organiza
un gran lío en el circo, y Menta
encuentra un nuevo trabajo

Justo a tiempo. Al principio, los padres de Menta habían dejado la búsqueda de su hija desaparecida en manos de un detective privado, pero luego, como este no conseguía ningún resultado, decidieron investigar por su cuenta.

Así, habían cerrado su casa y se proponían seguir las borrosas huellas de su hija, que a pesar de sus largos pies no había dejado muchas. Y fue casi por casualidad como llegaron al circo Máximo.

Decidieron que les vendría bien ver un espectáculo y distraerse un poco. Con asombro y preocupación reconocieron el amuleto de Menta, la pequeña huella de oro, que brillaba colgada del cuello del más pequeño de los tres hermanos acróbatas, en la cima de una pirámide humana.

—¡Quietos! ¡Esto es un atraco! —gritó el padre levantándose entre la multitud, sin darse cuenta de que había dicho algo absurdo y sin sentido.

Había querido denunciar que alguien había secuestrado a Menta, pero pareció, en cambio, que iba a cometer un atraco.

El público se levantó, y la gente
gritando salió despavorida, provocando
un enorme caos. El director del circo,
lleno de ira, se detuvo ante él y dijo:

—¿Cómo se atreve a echar a perder
el espectáculo? ¿Quién es usted? ¿Qué
quiere? Pero... ¡si ni siquiera va
armado!

A lo que el padre de Menta respondió:

—Si alguien ha echado a perder algo, ¡ese es usted! ¿Dónde está mi hija? ¿Qué habéis hecho con ella? ¡Devolvedme a mi niña! —Y señaló al pequeño acróbata. El niño echó a correr.

Poco a poco las cosas se fueron aclarando, y los tres acróbatas hablaron de lo buena, lista y educada que era Menta, y de sus extraordinarios pies, que le permitían ser tan ágil, especial diferente de todos los demás.

—¡Eh, sí!, efectivamente. Diferente —murmuró su madre.

—Diferente —dijo el padre como si fuera su eco.

Con calma, porque necesitaban desahogarse y se sentían algo culpables, contaron toda la historia de Menta y de sus enormes pies a los miembros de la compañía, que escucharon atentamente, y también con asombro.

—A nosotros nos gusta ser diferentes —dijo al final la mujer cañón.

—Nosotros tenemos que ser diferentes —dijo el hombre serpiente. Era tan delgado que conseguía colarse por todos los huecos.

—Si fuéramos todos iguales, de altura media, peso medio, con facultades comunes, estaríamos acabados —dijo el director del circo.

—Lo sé —intervino el padre de Menta—, pero esto es un circo. Vosotros tenéis que ser diferentes. Pero allá fuera, en el mundo, no sería tan fácil.

—No es verdad, dijeron los demás.

—Hay personas aburridas, añadió el mayor de los pequeños acróbatas.

—Y otras que son especiales e interesantes, dijo el mediano.

La madre y el padre de Menta se miraron, y con voz suave la madre consiguió decir:

—Puede que tengáis razón.

A la mañana siguiente se marcharon, decididos a encontrar a su hija y cuidarla en adelante, y quererla como era.

Pero primero debían encontrarla, porque Menta había huido tan rápido sobre sus largos pies que pronto llegó a la orilla del río. Era un río muy grande, parecía casi un lago, por lo lejos que se encontraba la otra orilla.

Se quitó las botas rojas y luego las medias e intentó atravesar el río llevándolas en la mano, y se dio cuenta de que era muy fácil, porque los grandes pies descalzos se apoyaban sobre el agua como las ranas o las hojas de un nenúfar, y si

se movía rápidamente no se hundía en el agua.

Cuando llegó a la otra orilla vino a su encuentro un pequeño grupo de aldeanos. Eran los habitantes de la aldea de la ribera del río.

—Pero ¿cómo lo has hecho!

—Te hemos visto llegar, ¡ligera como una libélula!

—¡O como una efímera!

—Libélula, efímera, ¡es lo mismo! ¡Yo no había visto jamás a un ser humano caminar sobre el agua de esa manera!

—¡Ay!, si fuéramos capaces también nosotros, podríamos llegar al otro lado con facilidad e ir a la ciudad para vender la verdura y la fruta de nuestros huertos. ¡Incluso todos los días!

—En vez de tener que esperar al barquero, que viene solo un par de veces al mes.

—¡Ay, qué calamidad!

—Pero si tú, jovencita, te quedaras con nosotros...

—Y nos llevaras de una orilla a otra...

—Sería suficiente con una balsa, nosotros iríamos sobre ella, pero de uno en uno, y tú tirarías de ella y alcanzarías corriendo la otra orilla.

—Y así todos nuestros problemas...

—¡Se resolverían!

Entre gritos de entusiasmo y de alegría, estas fueron las palabras que Menta oyó decir a los aldeanos. Y entendió que su viaje merecía otra parada, porque esas personas tan desamparadas necesitaban su ayuda.

—Está bien, me quedo —dijo—, pero solo unos días.

Y así todos en la aldea colaboraron para construir una gran balsa. Menta podría tirar de la balsa, pues se ataron a ella dos cuerdas robustas que podía llevar sobre sus hombros, como si fueran los tirantes de una enorme mochila, para arrastrar la balsa de una orilla a otra del río.

También en este caso necesitó entrenamiento. Y, sobre todo, necesitó calibrar bien los pesos en la balsa, porque si iba demasiado cargada, Menta no conseguía permanecer en la superficie y se hundía. Y fue necesario calcular también la velocidad apropiada para moverse sobre la superficie del río, así como el punto adecuado desde donde empezar la travesía, porque aquí y allá había remolinos y corrientes que podían poner en apuros a cualquiera.

Al final lo consiguió. Llevaba a un campesino cada vez, con sus cestos llenos de coliflores, zanahorias, patatas, lechugas y flores frescas. Era lo que sentía que debía hacer por aquellas pobres gentes, y no quería hundirse.

Mientras el campesino iba al mercado, ya en el otro lado del río, Menta lo esperaba trenzando cestos con ramas de sauce, que luego entregaba a una campesina, esta los vendía y se dividían las ganancias. Así trabajaba para los demás pero también para sí misma.

Cuando finalizaba el día de mercado, llevaba al campesino de vuelta a la aldea, y, al día siguiente, llevaba a otro a la ciudad. A cambio, ellos limpiaron la casita abandonada de la ribera del río y la arreglaron para que, después del duro día de trabajo, Menta pudiera descansar.

Pronto, con los beneficios de las ventas de frutas y verduras frescas, los habitantes de la aldea conocieron el bienestar: arreglaron sus casas, se compraron ropa nueva y animales de granja, e incluso pudieron pagar a un maestro para que enseñara a los niños a leer y a escribir.

Un buen día, se presentó un barquero de verdad en la aldea, con una barca de verdad.

—He oído que aquí podría trabajar —dijo—. Soy un hombre fuerte y robusto. Con cabaña y algo de verdura y fruta, puedo vivir muy bien.

Los habitantes de la aldea ni siquiera lo escucharon, porque estaban muy contentos con Menta. Había sido su generosidad la que había hecho posible todos aquellos cambios y no querían perderla de ninguna manera.

Entonces ella dijo:

—Creo que ha llegado el momento de marcharme. No os preocupéis, sé que es lo mejor para todos.

Se despidió de los amables campesinos y siguió su camino.

Era hora de marcharse, porque sus padres, que habían seguido pistas falsas hasta ese momento, habían

sabido, por otra persona, que todo
el mundo hablaba de una niña que
caminaba veloz sobre el agua, y se
habían dirigido a toda prisa a la aldea.

Cuando llegaron, hacía tres días
que Menta se había marchado. Pero
tres días de viaje sobre sus largos pies
equivalían a quince de un viaje sobre
unos pies normales, por lo que Menta
contaba de nuevo con una buena

ventaja, además de que sus padres no tenían ni idea de hacia dónde se habría dirigido.

Capítulo 5

En el que Menta llega
a una isla desierta
y vive como un náufrago
sin saberlo

En realidad, tampoco Menta sabía adónde ir. Solo que seguía apenada y aún no quería volver a casa.

Cuando pensaba en sus padres, sentía cierta nostalgia...

«A lo mejor —pensaba Menta—, están muy tristes..., o puede que estén contentos por haberse librado de una hija tan rara».

Así pues, Menta continuó su viaje en solitario.

Caminando casi sin descansar, llegó hasta la orilla del mar. No lo había visto antes, ella vivía muy lejos de allí. Por eso permaneció un largo rato contemplando ensimismada la inmensa extensión de agua que le rozaba los pies hasta los tobillos como un perrito cariñoso.

Entonces se dijo:

—Si puedo caminar sobre el agua de un río, puedo hacerlo también sobre el agua del mar.

Y lo intentó.

Sobre el agua del mar flotaba incluso mejor que sobre el agua del río, y sus largos pies se movían como si fueran los patines de un catamarán.

Un viento fuerte sopló, y la capa de Menta se convirtió de repente en una vela. Así pudo mantenerse en pie y moverse, con las piernas más firmes que nunca. Patinaba sobre las olas. Con su ropa mojada por las salpicaduras del mar, su pelo ondulado por el viento, y su rostro

al sol, se sentía libre y feliz. Y una vez más, muy orgullosa de sus pies, porque le permitían hacer cosas increíbles.

Un grupo de bañistas observaba desde la orilla cómo aquel extraño velero surcaba las olas, veloz hacia el horizonte, hacia el infinito.

—Os digo que es una niña —insistía uno de los que allí estaban, el primer niño que había visto a Menta y luego había llamado a los demás.

—¿Una niña gaviota?

—¿Una niña velero?

—¿Una niña delfín?

Los comentarios se iban sucediendo. Había quien se reía, quien sonreía, quien callaba y quien sentía envidia: qué estupendo sería poder correr así sobre el mar, con la ligereza de un pájaro.

¿Pero qué tiene que ver todo esto con nuestra historia?

Tiene que ver, claro que sí. Porque tiempo después, cuando llegaron los padres de Menta a la orilla del mar, todavía preocupados por la desaparición de su hija, hubo mucha gente que les pudo decir que sí, que habían visto a una niña pasar por allí, es más, que ya la habían visto pasar hacía tiempo, porque se movía veloz, «volada», como el viento.

Pero esto sucede después. Ahora volvamos atrás, y volvamos con Menta, que sigue patinando sobre el agua.

Muy pronto la orilla se quedó atrás, en la lejanía, casi ni se veía. Si se daba la vuelta veía solo una línea como trazada por un lápiz azul claro. Y delante de ella, ¿qué es lo que había? Mar, mar, y solo mar. Menta no tenía ni idea de que el mar pudiera ser tan grande.

Durante un buen rato siguió disfrutando del viento en su pelo, del sol sobre su cabeza, del silbido del aire que movía su capa...

Pero luego se sintió agotada y solo deseaba poder sentarse de nuevo. Imposible. O detenerse. Posible, pues para esto tan solo debía soltar la capa. Ahora bien, si lo hacía, ¿qué podía ocurrir?, ¿permanecería de pie sobre el agua o se hundiría poco a poco?

Mejor no correr ese riesgo. Y así, agotada, Menta se propuso resistir todavía un poco más. «Toda esta agua

debe de tener un fin, antes
o después», se decía.

Claro que tenía un fin. Pero si
seguía viajando a la velocidad de
aquel viento, Menta debía permanecer
en pie durante otros dieciséis días.
Imposible.

Menos mal que era valiente, o se
habría desesperado y quizá habría
hecho una tontería, como echarse a
llorar, perder el equilibrio y hundirse
en el mar.

En vez de eso, esperanzada, se
quedó de pie, esforzándose por
mantener las piernas bien firmes.
Y fue recompensada, porque en el
horizonte apareció una burbuja azul.

Poco a poco, a medida que se fue
acercando, fue descubriendo lo que

era: una pequeña isla en forma de colina salpicada de algunos árboles altos.

Menta sabía que pronto alcanzaría la isla. No tardó mucho. Por fin pudo posar sus pies en la arena blanca y tibia de la orilla.

Soltó su capa, se estiró y movió los brazos. Intentó dar un paso, pero tenía las piernas tan rígidas que se desplomó. Y así se quedó, tumbada en la playa, sintiendo la fina arena entre sus dedos y sobre sus largos pies.

Era un lugar hermoso.

Con el suave sonido de las olas, Menta se quedó dormida.

Comprobó que el sueño es una excelente medicina: hace desaparecer el cansancio y los pensamientos negativos, relaja el alma y te devuelve la serenidad y la esperanza.

Menta estaba tan cansada que ni siquiera se dio cuenta de que estaba anocheciendo. Ya de noche, cuando empezó a hacer frío, se envolvió en su capa, sin siquiera abrir los ojos.

Se despertó al alba del día siguiente, cuando el sol iluminaba el mar y empezaba a calentar el mundo, también sus mejillas.

Podría haberse desesperado, ya que se encontraba sola en una isla desierta, pero como no había pensado en ello, afrontó la situación como si fuera un capítulo más de su aventura.

Se acordó de las clases de danza. Pensó en las tristes visitas al médico y en sus sugerencias absurdas. Todo

aquello le parecía ahora tan lejano...
Parecía imposible que hubiera
ocurrido de verdad. Ahora, lo único
con lo que contaba era con todo un día
por delante y un lugar nuevo que
conocer.

Era una pena que la isla fuera tan
pequeña, porque Menta tardó solo una
hora en recorrerla entera. Para su
sorpresa encontró una fuente de agua
fresca en la cima de la colina.
Alrededor de la fuente había árboles
y arbustos cargados de frutas exóticas,
sabrosas y de muchos colores.

También encontró una cabra
blanca. Esta se le acercó como si
Menta le fuera familiar, y posó
cariñosamente su hocico en la palma
de su mano.

Cabra igual a leche, así que Menta pudo disfrutar de un excelente desayuno.

Se sucedieron una serie de días tranquilos, algo monótonos, porque no había mucho que hacer o que explorar en una isla tan pequeña. Solo tardó una hora en recorrerla. Pero estaba poblada de extrañas flores, y Menta se entretenía recogiéndolas y haciendo guirnaldas con ellas.

Durante toda una semana se dedicó a la construcción de una cabaña. No es que la necesitara, porque hacía suficiente calor en la isla, pero le parecía emocionante construir su propia casita.

Y luego intentó enseñarle a la cabra a contar. El animal golpeaba con la pezuña sobre la arena. La cabra, que era muy inteligente, aprendió y le dio a Menta una gran satisfacción.

De vez en cuando se divertía dando la vuelta a la isla patinando sobre el agua, para no perder la costumbre. Aun así, le quedaba un montón de tiempo libre para reflexionar y fantasear, dos cosas que Menta sabía

hacer muy bien. Reflexionaba sobre lo extraña que era su vida, sobre cómo se había sentido prisionera y atada, y cómo se sentía ahora, libre y aventurera, desde que se había escapado de casa.

Y fantaseaba con otra vida, una vida en la que su madre y su padre sabían aceptarla como era, sin preocuparse por sus pies, y en la que se divertía con ellos.

Pero en ningún momento, jamás, ni siquiera una vez, se le pasaba por la cabeza que quizá las cosas habrían podido ser de otra forma si hubiera tenido los pies pequeños, y tenía razón, porque si sus pies eran grandes, era inútil preguntarse sobre cómo podían haber sido.

Y además, ahora estaba muy contenta con sus pies, porque con ellos había podido llegar a lugares lejanos, extraordinarios, a mundos que no habría imaginado que existían, diferentes de los que hasta ahora había conocido, y se habían convertido en útiles compañeros de viaje.

Sin embargo, a pesar de sus reflexiones y sus fantasías, y de tanto dar vueltas por la isla, Menta se cansó de estar allí, tan sola, sin nadie con quien hablar o con quien compartir sus experiencias.

Entendió que había llegado el momento de marcharse de allí, de buscar nuevos lugares y vivir nuevas aventuras.

Lo supo sobre todo cuando una mañana encontró una botella en la orilla. Estaba cerrada con un tapón de corcho, y dentro, a través del cristal oscuro, se veía un papel.

Menta abrió la botella, esperando que fuera el mapa de un tesoro, escondido quizá en aquella misma isla. Pero cuando lo desenrolló descubrió que se trataba de otra cosa. Era un mensaje para ella.

Querida Menta:

Donde quiera que estés, si este mensaje llega a tus manos, por favor, vuelve a casa. Te aceptamos tal y como eres. Hemos sabido de las cosas tan bonitas que has hecho. Nos equivocamos, esperamos que sepas perdonarnos. Te queremos, pies incluidos, y te echamos de menos.

Mamá y papá

Era una mensaje tierno y conmovedor. Había sido escrito con el corazón. Pero Menta no se sentía todavía preparada para regresar. Y había una cosa, una sola, que no le gustaba de aquel mensaje: la alusión a sus pies. Ella quería que la quisieran por completo, claro; pero quería también que sus pies formaran parte del conjunto, y que no fueran considerados extraños, y por eso sintió que no había llegado el momento de volver a casa con sus padres.

Cuando más tarde vio en el horizonte una manchita blanca, que al acercarse se fue transformando en una barca, tuvo la sospecha y el temor de que a bordo iban precisamente su madre y su padre. Rápidamente se despidió de la cabra y, empuñando los picos de la capa, volvió al mar y se marchó en dirección contraria. Si allí había una isla, tendría que haber otra en otro lugar, ¿no?

Menta se arriesgó mucho, pues el mar, el océano, es tan grande que uno tiene que estar muy seguro de la dirección que ha de tomar antes de arriesgarse a partir sin saber con certeza si encontrará tierra firme. Pero tuvo suerte, y pronto llegó a una nueva playa.

Esta vez no se trataba de una isla, sino de otro continente. Y no era un continente desierto, sino muy poblado.

Menta se vio rodeada de personas que la miraban con benevolencia. Una mujer la cubrió con una manta, gesto que Menta agradeció enormemente, porque durante todo el trayecto el viento había soplado fuerte y tenía frío.

Otra mujer le dijo cosas en un idioma que no entendió. Cuando se dio cuenta de que no se podían entender, la mujer le hizo gestos con las manos, y le

indicó que la siguiera, y la acogió en su casa, en una bonita habitación de invitados.

Estaba exhausta, pero, antes de dormirse, Menta se bebió un enorme tazón de leche caliente mientras se decía que era muy raro que nadie hubiera prestado atención a sus pies.

Estaba aturdida por el cansancio, porque, si no, se hubiera dado cuenta de una cosa asombrosa: que en aquel país con ese idioma tan extraño todos tenían los pies largos, tan largos como los tenía ella.

Capítulo 6

En el que Menta descubre
que a veces se es diferente
a los demás, a veces se es igual,
y en el fondo da lo mismo

El asunto de los pies largos no se le pasó por alto al día siguiente.

Después de dormir profundamente, darse una buena ducha y ponerse ropa limpia, que le había ofrecido amablemente la señora que la había acogido, Menta salió de casa para explorar el lugar donde se encontraba y averiguar qué es lo que podía hacer allí.

Las personas con las que se iba cruzando inclinaban la cabeza al verla y señalaban sus botas rojas, un poco gastadas por las salpicaduras del agua salada, aunque seguían estando muy brillantes, y luego hablaban entre ellos, asintiendo con la cabeza: «Sí, es la jovencita que llegó ayer»; «sí, tiene que ser una de nosotros, aunque hable otro idioma».

Los niños, incluso los más pequeños, tenían pies parecidos a pequeñas aletas. Los adultos tenían piernas y brazos grandes, y se movían con cierta gracia (daban saltitos para evitar tropezarse). Menta enseguida intentó imitar aquellos saltos, al principio sin demasiada suerte (de hecho acabó en el suelo unas cuantas veces), pero luego, poco a poco, lo fue haciendo con más desenvoltura. Y parecía que allí nadie se preocupaba mucho por las dificultades que entrañaban los pies largos.

Paseaban, tenían escuelas de danza clásica y contemporánea, tenían maravillosas zapaterías de zapatos

largos, de piel de distintos colores, donde los zapateros parecían tener mucho trabajo cambiando suelas y tacones de unos zapatos tan grandes.

Vamos, que era todo normal. Tanto que al cabo de un rato Menta se sintió algo decepcionada: Pero ¿cómo era posible?, ¿ya nadie la miraba por sus pies? ¿No comentaban a escondidas su peculiar dimensión? ¿No la consideraban diferente, original o extravagante?

No, de ninguna manera. En el pueblo, todos sabían de su llegada, y la saludaban con sonrisas y reverencias, y le ofrecían dulces, caramelos y galletas. Eso era todo.

De camino hacia la playa, Menta vio un grupo de niños que patinaban sobre el agua, como antes había hecho ella. Pero estaba claro que para ellos se trataba de un juego, nada nuevo. Divertido, sí, muy divertido, pero normal. La diferencia estaba en que habían hecho las velas con telas de colores, como las de los paracaídas o cometas, y las llevaban como si fueran mochilas ligeras. Y esas telas se hinchaban con el viento y les ayudaban a ir más rápido sobre el agua de la orilla, donde no cubría.

Por suerte, Menta descubrió muy pronto que sus pies tenían otros usos, usos que todavía no conocía pero que le permitirían practicar otras actividades con enorme placer. Por ejemplo, había quien en vez de caminar con normalidad había desarrollado la capacidad de avanzar dando saltos, al modo de los canguros, y era una forma original de trasladarse de un sitio a otro.

También había quienes eran muy buenos jugando al fútbol, pero a un fútbol especial, para el que se requería sostener en equilibrio la pelota entre la espinilla y el pie antes de lanzarla hacia arriba y golpearla con la punta de la bota. Y quien la mantenía en equilibrio

más tiempo ganaba puntos para su equipo.

Los albañiles no se cansaban al subir a los andamios para construir las casas o los tejados. Como tenían esos pies tan grandes corrían menos peligro de resbalarse (aunque, de todos modos, trabajaban enganchados con cuerdas, por seguridad). Y, de hecho, los tejados de las casas del pueblo eran muy elaborados, acababan en originales puntas, espirales y adornos, porque los albañiles ponían especial interés en construirlos, y lo hacían sin prisa.

Los habitantes de aquel lugar habían aprendido a sacar ventaja a su particular condición, y para ellos tener los pies largos era toda una oportunidad. «Quién sabe qué dirían

mis padres si estuvieran aquí»,
murmuró Menta, pero luego se mordió
el labio. ¡Vaya, había pensado en ellos!
Puede que empezara a echarlos de
menos.

Pero para no dejarse llevar por la
nostalgia decidió continuar su viaje de
inmediato.

Partió con una mochila llena de
cosas útiles, unas cuantas mudas, un
abrigo nuevo, un par de guantes, un
gorro de lana y muchos abrazos y
sonrisas de la buena gente del pueblo,
quienes le indicaron en un mapa el
camino que debía seguir, que subía y
subía entre las colinas, hasta llegar a
lo más alto de la montaña.

Después de un día y medio
caminando a través de bellísimos

bosques perfumados, Menta se encontró al pie de una alta cima cubierta de nieve. Cogió de la mochila el abrigo, porque comenzaba a hacer frío, e inició el último tramo del camino.

Quería llegar arriba, arriba del todo, por un largo sendero que subía, serpenteando, por la ladera de la

montaña. Cuando se hizo de noche, llegó a un refugio, una pequeña casita de madera. Sus puertas permanecían abiertas a cualquiera que pasara por allí y quisiera detenerse para descansar o dormir.

En la chimenea había leña para encender el fuego. En la despensa había provisiones, queso y galletas, y también botellas de agua. En un cuarto había ocho camas literas con sus mantas bien dobladas encima.

Después de cenar, Menta se fue a la cama y se durmió.

A la mañana siguiente, la despertó la luz del sol que se filtraba por las ventanas. Se asomó y vio a lo lejos a un hombre y a una mujer que bajaban muy deprisa sobre sus largos pies, manteniendo el equilibrio e inclinándose ligeramente en las curvas. No podía ver sus rostros, pero parecían divertirse muchísimo.

Cuando terminó de desayunar, se puso el abrigó, los guantes y el gorro y salió. Intentó entonces utilizar sus pies de aquella forma, después de haberlos envuelto bien con unas pieles que había encontrado en una alacena dentro del refugio.

Al cabo de unas horas, Menta ya había aprendido a esquiar. Cuando llegaba al fondo de la ladera, subía con dificultad, despacio, hasta la cima y luego volvía a bajar sobre sus pies. Lo hizo durante todo el día, hasta el atardecer, y entonces subió al refugio y se quitó las pieles de los pies.

Tenía frío, le dolían las piernas, pero se sentía feliz.

Fue en ese momento, admirando el rosado atardecer, cuando percibió un ruido que parecía venir del cielo. Levantó la mirada y vio un pequeño avión que arrastraba una larga cola amarilla donde se podía leer:

Donde quiera que estés, querida Menta, vuelve con nosotros.

No iba firmada, pero no hacía falta.

Esa noche, Menta se fue a dormir muy pronto, después de haber comido un poquito, y se durmió enseguida, agotada, pero feliz.

Feliz porque había aprendido algo nuevo que hacer con sus pies, y feliz porque había entendido que había llegado el momento de volver a casa.

Ya nadie le podría negar que sus pies eran un don extraordinario. Y esperaba que también sus padres, después de todo ese tiempo, lo hubieran entendido.

Epílogo

A la mañana siguiente, Menta recogió sus cosas, escribió un bonito mensaje en el libro del refugio para agradecerles su hospitalidad, dejó en la despensa las galletas que llevaba en la mochila, en una caja de lata para que no se humedecieran, y se marchó.

Bajó veloz por la ladera de la montaña, dejó las pieles en una cabañita para que los próximos esquiadores con los pies largos que pasaran por allí pudieran llevarlas al refugio y siguió el sendero, pero en dirección contraria, hacia atrás, para volver a casa.

Y así Menta descubrió otro uso muy útil para sus pies largos: al igual que te llevan lejos rápidamente cuando quieres marcharte, también te llevan rápidamente cuando has decidido que ha llegado el momento de regresar. Y ella, que nunca había ido corriendo a ninguna parte, ni siquiera en los momentos más dramáticos de su huida, porque no había sentido la necesidad, se vio en esta ocasión corriendo y corriendo veloz hacia su casa, para encontrarse con sus queridos padres.

Porque era a ellos a quienes necesitaba. Porque descubrir el mundo había sido una bonita experiencia, pero ahora quería volver a casa.

Ver de nuevo a su madre y a su padre no fue, sin embargo, algo inmediato, porque, cuando Menta llegó a la ciudad, sus padres todavía seguían buscándola.

Entonces Menta hizo un llamamiento, quería decirles dónde se encontraba y, también, que los esperaba. Su llamamiento se emitió en todas las televisiones del mundo. Sus padres, al recibir la noticia, se pusieron en marcha inmediatamente.

Al cabo de una semana Menta pudo volver a abrazarlos. Ellos la encontraron cambiada, más alta, más fuerte, pero sobre todo muy segura de sí misma. Y ella los encontró un poco más frágiles, aunque sonrientes y muy

cariñosos, más de lo que lo habían sido nunca con ella.

Y bueno, como esto es un cuento, es necesario que tenga un final feliz, y lo tiene.

No fue del todo fácil para Menta adaptarse de nuevo a la vida de antes, porque seguía siendo la única persona en su barrio que tenía unos pies tan largos.

Pero todos supieron de su emocionante aventura y querían escuchar sus historias. La trataron como a una heroína, y ella agradeció enormemente toda aquella atención.

Cuando las cosas volvieron a la normalidad, Menta tuvo que seguir con su vida. Pero ya nadie se volvió a reír de sus pies. Todos la admiraban, porque había sabido defenderse ella sola, y esto era lo más importante.

De vez en cuando, Menta pedía que la llevaran al mar, donde esquiaba sobre el agua. Y a la montaña, donde se deslizaba sobre la nieve. Y muchos comenzaron a imitarla, y practicaban nuevos deportes, el esquí y el esquí acuático, y ella solía hacerlo muy bien, porque había empezado a practicarlo antes que los demás.

También progresó en sus clases de *ballet,* porque no hay nada que uno no consiga hacer si lo desea de verdad, y no serían un par de pies largos los que la detuvieran.

Menta sabía muy bien que con ellos llegaría muy lejos.

Índice